novum
VERLAG

Hans Werner Sokop

Riminiszenzen

küstliche Urlaubsgedichte

mit Zeichnungen von
Leopold Ozegovic

novum VERLAG

Bibliografische Information der Deutschen Nationalbibliothek:
Die Deutsche Nationalbibliothek verzeichnet diese Publikation in der Deutschen Nationalbibliografie. Detaillierte bibliografische Daten sind im Internet über http://www.d-nb.de abrufbar.
ISBN 978-3-85022-279-2

Lektorat: Angelika Glock
Innenabbildungen und Coverbild: Leopold Ozegovic

Gedruckt in der Europäischen Union auf umweltfreundlichem, chlor- und säurefrei gebleichtem Papier.

www.novumverlag.com

Vorwort

Da ich schon von frühester Jugend an immer wieder gerne in den sonnigen Süden gefahren bin und verschiedenste Strandszenerien an der Costa Brava, der Riviera, der italienischen Adria sowie in Griechenland, Dalmatien und Istrien erlebt habe – die Insel Brioni regte mich sogar zu drei speziellen Gedichtbänden an –, ergab es sich, dass ich aus kleinen Erlebnissen und frisch Erfundenem ein abwechslungsreiches Gedichtbändchen als Urlaubslektüre zusammenstellen wollte.

Mein Freund Leopold Ozegovic steuerte eifrig seine Illustrationen bei, sodass mein engagierter *novum Verlag* nunmehr dieses Büchlein den sonnenhungrigen Leserinnen und Lesern mit auf die Reise geben kann.

Wien, im Frühjahr 2008

Hans Werner Sokop

EINSTIMMUNG

Sonnenaufgang

Wenn du vor dem Sonnenaufgang
wie gebannt am Ufer stehst
und, wo gestern sie heraufdrang,
auf ein goldnes Wölkchen spähst,
das, wie wenn ein Fruchtball aufsprang,
einen Feuerkern entlässt,
dessen Himmelswandern auffang.
Halt es froh im Herzen fest,
eingedenk, dass all den Lauf lang
erdverbunden du dich drehst.

Varianten

Eine menschenfreie Bucht,
felsig eingefasst.
Urgesteins erstarrte Wucht
gibt uns den Kontrast
zu des Lichtes leichtem Spiel
auf dem Wasserrücken,
uns an diesem Sehnsuchtsziel
göttlich zu beglücken.

Ein von Gästen voller Strand,
die sich locker geben.
Über ihnen scheint ein Band
„Sei nur Mensch“ zu schweben.
Sonnen – ohne Sonnenstich,
Nahsein – nicht als Klette.
Jeder fühlt als Perle sich
einer Lebenskette …

Die beiden Elemente

Das Wasser verliert sich zum Teil an den Sand,
und Sand wiederum an das Meer.
Im singenden Schleier gehn sie Hand in Hand
und geben und bleiben doch leer.

Ozeanologischer Imperativ

Wie Wogen sich zum Strande drängen
und nicht ans Ufer taumeln,
soll Schönheit sprießen, soll nicht hängen,
soll wogen und nicht baumeln.

KINDER, KINDER

Unterschied

Lustig spielt ein deutscher Reimer
mit Klaus-Dieters buntem Eimer.
Österreichisch klingt ein Kübel
eher ausgesprochen übel …

Befürchtung

Auch wenn man ihm ein Schauferl gibt,
ein Küberl und ein Sieb,
ein Zuckerl in den Mund ihm schiebt
und sagt: „Hab ich dich lieb!",
so will er doch in fünfzehn Jahren
mit seinen Eltern Schlitten fahren.

Der Frosch

In ihrer blauen Plastikwanne
beförderte die kleine Anne
ein Fröschlein an den Meeresstrand.
Weil dieses dort nicht baden wollte,
das Mädchen ihm ein Weilchen grollte,
worauf es eine Lösung fand:
Damit sein Freund Gesellschaft habe,
fing es – sprich Vater – eine Krabbe,
setzt' sie zum Frosch. Dem wurde bang:
Er zittert' wie ein zager Landser
vor dem bedrohlich harten Panzer
mit Scherenschnäbeln – und entsprang …

Zeitgerecht

Ein Mädchen auf der Wissenstour
stibitzte Vaters Armbanduhr,
um diese unter leichtem Schwenken
ins Wogenbad hineinzusenken.
Ihr schien der Tauchgang zu gefallen.
Sodann, mit ein paar Salzkristallen,
gab sie das Kleinod ihm zurück,
ein Lächeln hissend: „Schau, das Stück
ist heute eine Taucheruhr."
Der Papi stöhnt: „Was tut sie nur?"
Die Kleine reffte nun ihr Lachen:
„Soll ich dir eine Sanduhr machen?"

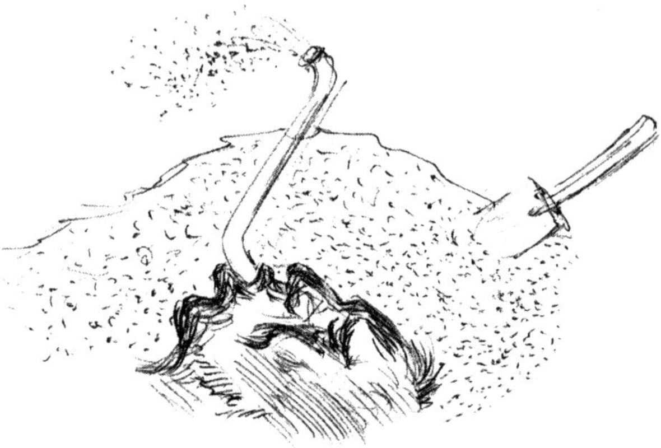

Das liebe Kind

Dem Vater war beim Sonnenbad
auf warmem Sand allmählich fad.
So grub er sich behände ein,
das heißt, sein Haupt verblieb im Frei'n.
Sein kleiner Prinz, der Gründlichkeit
von ihm gelernt, kam dienstbereit,
nahm eine Schaufel, hat ihm schon
Gesicht und Haare voll bedeckt, –
nachdem er ihm als guter Sohn
den Schnorchel in den Mund gesteckt …

Der Angler

Auf dem Ufersockel kauert
glaubensfroh ein Fischerknabe,
der auf seine Beute lauert
mit gezücktem Angelstabe.

Endlich kommt ein Fisch heran. –
Warum beißt er noch nicht an?

„Nur mit Schnur? Das frisst kein Blöder.
Kauf erst Haken, dann fisch weiter. –
Da, ein Euro. Und nimm Köder,"
sag ich im Vorbeigehn heiter.

Wieder kommt ein – Fisch heran.
Dieser beißt genauso an.

Aufklärung

Es meinte zum Frisörgesellen
das aufgeweckte Kind,
dass in der See die Wasserwellen –
auch Dauerwellen sind.

Spielende Knaben

Sie spielten mit Murmeln im Sand,
wo diese und jene verschwand.
Bald sahen sie keine.
So holten sie Steine,
die größten und schönsten am Strand.

Sie spielten mit Mädchen am Strand,
wo diese und jene verschwand.
Bald sahen sie keine.
„Sind Herzen hier Steine?"
So fragten sie murmelnd, am Sand …

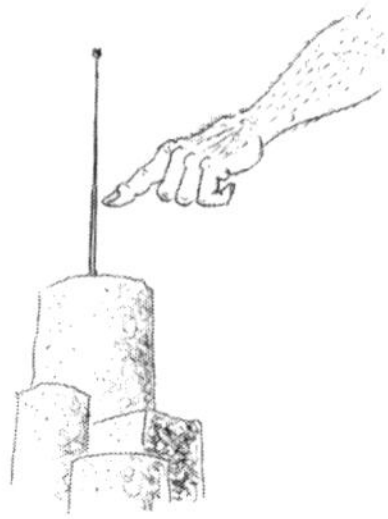

Die Sandburg

Wacker klopft' ein Sandburgbauer.
„Liegt mein Feind schon auf der Lauer?
Wall und Graben
muss man haben,
Tor und Mauern,
die den Ansturm überdauern
auch der stärksten Übermacht;
wäre wirklich doch gelacht."

Auf des Bergfrieds höchster Spitze
blinzelt' in der Mittagshitze
eine lange
Fahnenstange
(sprich Antenne).
„Na und ob ich diese kenne!"
schrie ein Recke. „Meinem Wagen
fehlt sie schon seit ein paar Tagen!"
Und nach einem wüsten Fluch
ging die Bröselburg zu Bruch ...

Eine Szene

Es begann als Luftmatratzenschlacht
mit Geschrei und zielgepatschtem Spritzen,
die alsbald ein Seegefecht entfacht:
eines Tauchermessers grelles Blitzen!
In das rote Kriegsschiff fuhr ein Stich,
der den Admiral zum Kentern brachte.
Dieser rächte U-Boot-mäßig sich,
biss des Gegners Zeh; der Knochen krachte.
Blind vor Wut und Schmerz riss der die Haare
des Aggressors, der drauf salzig schluckt',
doch dann hochging – wie von einer Bahre,
wenn der Totgeglaubte plötzlich spukt.
Und er krallte grimmig seine Klauen
in des Feindes schreckerstarrten Leib.
Diesem half jetzt auch kein Gottvertrauen. –
Von der Küste eine Stimme: „Bleib,
das gibt ein gelungnes Szenenfoto.
Unser Kinderfilm wird sicher gut.
Lebensnahe Handlung unser Motto –
und vor allem auch ein bisschen Mut."

Unheimliche Begegnung

Ein Pfälzer, ein Romagna-Kind,
weil Kinder aufgeschlossen sind,
die kamen sich bald näher:
Zur kleinen Frankenthalerin
neigt fragend sich der Knabe hin:
„Wie eißt man dich?"– „Andrea. –
Und dich? Giovanni, Luigi, Nardo,
Michele oder doch Ricardo?"
Als könnt es das nicht geben,
kreischt er: „Andrea?! – So eiß ich!
At sich vertauschen was bei dich?"
Es ist ein Schock fürs Leben.
„Geh fort, Andrea, kränk disch nicht,
du hoscht doch eh ä Mädschegsicht ..."
die Kleine zärtlich meint,
gerührt, wie er jetzt weint ...

Sprachverwirrung

Es war kein guter Kindertag,
weil Babylon darüber lag.
Jedes jedem unverständlich,
und so war es unabwendlich,
dass ein kleiner Krieg entstand,
der abrupt sein Ende fand:

Zwei verschmitzte Portugiesen
eine Britin stolpern ließen,
und ein halber Stockfranzose
nahm ein Bambusrohr, das lose,
und zerschmettert's auf dem Rücken
eines Dänen. Von den Stücken
rannte dieser ein sehr spitzes
so wie einen Schlag des Blitzes
in den gegnerischen Arm.

Frankreich schrie, dass Gott erbarm,
in die Welt sein lautes Weh:
„Ä – ÄÄ-ÄÄ – ÄÄ-ÄÄ – ÄÄ-ÄÄÄ!!!" –
Das war international
und erstickte auf einmal
jeden Zwist. Und rasch verbunden –
war der Friede auch gefunden …

ERWACHSENE SIND AUCH MENSCHEN

Die Anglerin

Das Mädchen liegt im Sonnenschein
bereits den halben Tag allein.
Ich glaub, das Fischrevier ist schlecht,
denn Karpfen, Goldbarsch oder Hecht
fängt man gewöhnlich in den süßen
Gewässern. – Du wirst wandern müssen.
Ja, ja, bestimmt, scheint sie zu lächeln
und fischt mit ihrem Wimpernfächeln
nichts anderes als Einsamkeit.
Die Sonne sinkt. – Zur Abendzeit
umschlingt – man hörte keinen Schrei –
den Backfisch so ein Katzenhai ...

Zwei Damen

Eine Schlankheit im Bikini
stelzt mit hohem Gang
auf dem Strand entlang.

Einer Frau, Statur mehr mini,
siebzig längst vorbei,
ist's nicht einerlei.

Und sie hackt mit heisrer Stimme
auf die Junge: „He!
Aufgeblasne Fee!"

Die, erfüllt von jähem Grimme,
faucht nur: „Alte Kuh,
beiß ins Gras und muh!"

Vorbei der Halbakt. Als Belehrung
folgt nun höhnisch die Erklärung
ans Publikum obiger Szene:
„Ich – war einmal jünger als jene!"

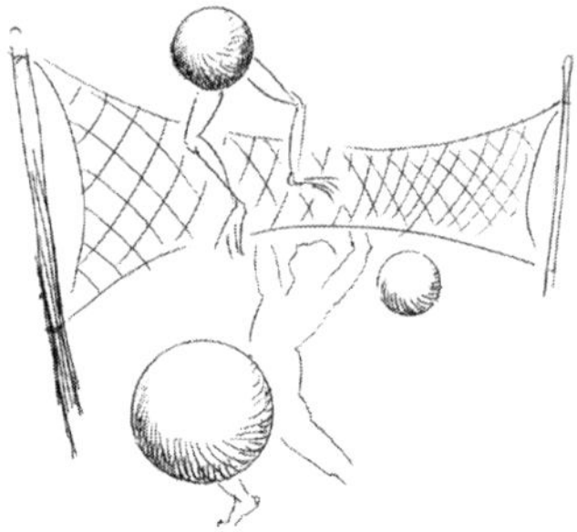

Beachvolleyball

Gespanntes Netz, gespannter Sinn.
Der bunte Ball frоscht her und hin.
Beherzter Kampf, doch nie ein Foul,
nur hin und wieder Sand im Maul.

Pizza Marina

Aus dem nahen Ristorante
er um eine Pizza sandte:
Eine Pizza Rusticana
für den Herrn aus Louisiana. –

Der Kellner kommt, zunächst noch schneller,
mit jener Pizza auf dem Teller,
doch schon bremst Sand die flotten Beine.
Beim Endspurt übersieht er eine
müd umgekippte Badetasche,
bleibt hängen an der Tragelasche
und stolpert vor dem Herrn Besteller:
Die Pizza purzelt jäh vom Teller
und birgt ihr Angesicht im Sand,
zumal der Boden halb verbrannt.

Rasch umgedreht, sitzt eine dichte
wie Streusel schöne Sandkornschichte
auf all den bunten Köstlichkeiten,
die Gaumenkitzel uns bereiten.
Die Scheibe auf den Teller betten!
Ans Meeresufer, um zu retten,
was doch für den Genuss bestimmt!
Der Kellner sich zusammennimmt,
strebt ohne Rücksicht aufs Gewand
dem Wasser zu; mit flinker Hand
löst er den Sand vom Kochprodukt,
wobei er etwas Wasser schluckt.
Mit Lächeln, allerdings verlegen,
kommt er dem Harrenden entgegen.
Der blickt ihn an mit saurem Sinn:
„Zum Liegestuhl, stellt sie dorthin!"
Obwohl er nicht an Zahlung denkt,
er ihm dezent ein Trinkgeld schenkt. –
Dann, lustlos wedelnd mit dem Schwanze,
frisst Hündchen Tonio das Ganze …

Mittagsträumerei

Als vorbei das opulente
Mittagsmahl – so recht al dente –
mit erlesner innrer Kühlung
dank der San-Giovese-Spülung,
lag ich unterm Sonnendach
auf der Campingliege flach.
Leises Rauschen, tiefes Schweigen.
Was mir Träume heute zeigen? –
Lockte sie zu mir ein Rufer?
Eine Fee erscheint am Ufer
und erzählt von Inselplätzen
mit verborgnen Silberschätzen,
Festgelagen ohne Grenzen
mit Musik und Freudentänzen,
blütenbunten weiten Auen
und verschwiegnen schönen Frauen …
„Komm, steig ein in meinen Kahn." –
Schrillstes Pfeifen! – Diese Bahn …

Der Eisverkäufer

Den Strand entlang: ein Eisverkäufer,
in seiner Jugend Hürdenläufer,
der in der schönsten Ruhezeit
unausgesetzt „Gelati!" schreit.
Er ist beliebt beim Küstenvölkchen. –
Da schiebt ein schäfchengroßes Wölkchen
sich vor die Sonne. – In die Knie
bricht unser Mann, brüllt wie ein Vieh,
als ob er nichts mehr sich erhoffe:
„Madonna, grande catastrofe!!"

(Korrekt wär zwar catàstrofe,
doch das tut meinem Versmaß weh.)

Der Artist

Sein Handstand
am Sandstrand
gefiel allen Nixen,
und eine
noch kleine
verlockt's, ihn zu piksen.

Er purzelt
entwurzelt
kopfüber, gleich Unken,
und wäre
ins Leere
am liebsten versunken …

Mein Taucher

Aus dem Wasser wächst sein Schnorchel
ähnlich einer feuchten Morchel,
dann folgt so wie brauner Tang
seine Mähne, lendenlang;
weiter seine Tauchermaske
wie ein fest vermummter Baske.
Jetzt entquillt sein Seesackleib,
den ich lieber nicht beschreib,
und am Ende die zwei Flossen
passen ihm wie angegossen.
Die Harpune in der Linken
lässt er siegreich grinsend blinken.
Seine Rechte aber fasst
eines großen Scherbens Last:
algengrün, einst weißer Guss,
gurgelnder Geruchsverschluss …

Naturalismus

Ein Maler, der am Ufer sitzt,
verzückt von Wasserfarben,
wird jäh von Regengarben
genauso wie sein Werk bespritzt.

Er blinzelt fahl zum Grau hinauf
wie ein verletzter Löwe
und sieht nur eine Möwe.
Die pfltscht aufs Bild, fast gibt er auf.

Schon stürzt ein Wellenschwapp herbei,
dass er das Bild erhasche,
die Malerei verwasche.
Es bricht sogar die Staffelei.

Ob ihr es heut vielleicht noch fändet?
Der Künstler warf in seinem Schreck
das Bildnis in ein Felseneck. –
Ein Dalmatiner hat's vollendet …

Entwicklung

Am ersten Tage
saßen sie beisammen
am Strand auf einem Badetuch,
der junge Kellner,
neben ihm das Mädchen
vom Autobus, von Reihe 8.
Er schaute sanft,
sie lachte süß.

Am zweiten Tage
gingen sie mitsammen
am Strand spazieren Hand in Hand,
der junge Kellner
und ein andres Mädchen
vom Autobus, von Reihe 3.
Er grinste breit,
sie lachte laut.

Am dritten Tage
tanzten sie zusammen
im bunten Glanz der Hafenbar,
der junge Kellner,
fest im Arm das Mädchen
vom Jaguar vorm Strandhotel.
Er lachte sanft,
sie schaute süß.

Am vierten Tage
lagen sie beisammen
in ihrem breiten Doppelbett,
der junge Kellner,
neben ihm die Freundin,
und schauten, wie ihr Konto stand.
Er lachte auf,
sie küsste ihn.

Zukurzgeschichte

Robert liebt Nina.
Nina liebt Pietro.
Pietro liebt Robert.
Nina, so bleib doch!

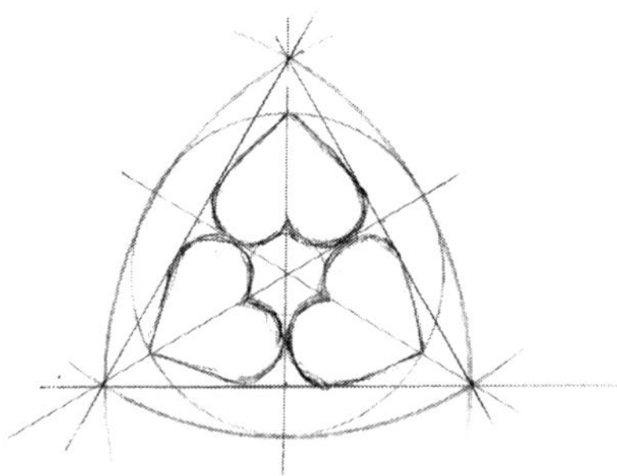

Liebe m. b. H.

Berühr mich nicht mit deinen nassen Händen.
Fass mich nicht an, die Creme ist noch nicht trocken.
Geh weg, der feine Sand ist gar so lästig.
Ka… kalt, häng deine Arme in die Sonne. –
Mein Rücken juckt! Ich soll mich selber kratzen?

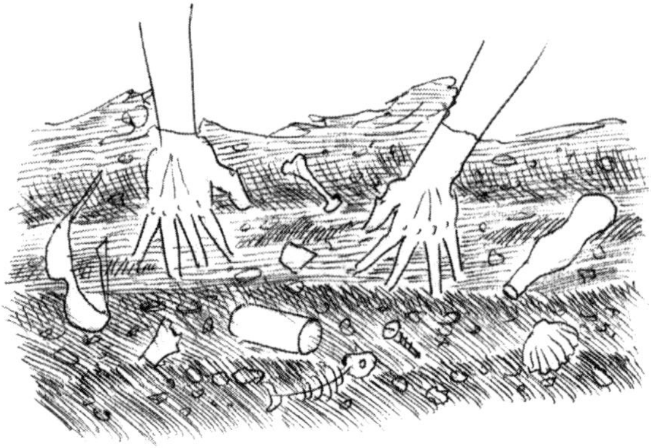

Der Schraubverschluss

Der Schraubverschluss der Sonnencreme
bereitet selten ein Problem,
bloß wenn er sich im Sand verliert,
wenn man zu hastig sich beschmiert …
Wenn dann verärgert und verkrampft
man heftig mit den Füßen stampft,
verschlimmert sich sogar die Lage:
Das Ding kommt schwerer noch zu Tage.

Jetzt wird fast weinerlich geflucht
und wühlmausartig tief gesucht.
Du findest: eine Thermosflasche,
den Riemen einer Fototasche
und weiters einen Menschenknochen
mit Sonnenbrille – schon zerbrochen,
den Deckel einer Firmungsuhr,
doch vom Verschlusse keine Spur.

Die Lösung: Samariter sein!
Reib deine Nächsten so lang ein,
bis dass die Tube fettfrei ist,
worauf du diese auch vergisst …

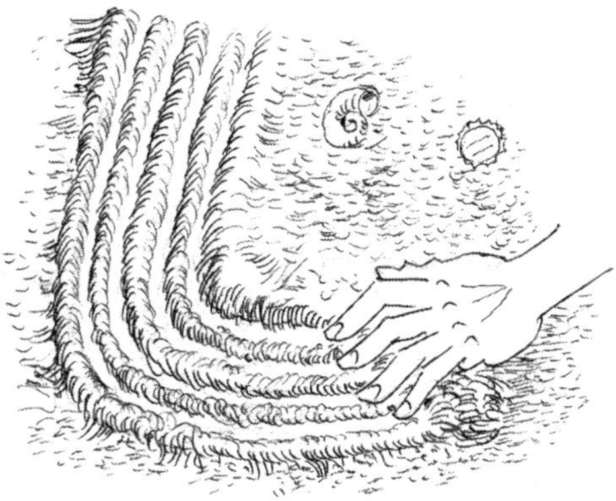

Schriftlich

Er hatte in den Sand geschrieben:
ICH WERDE LAURA EWIG LIEBEN.
Dann eilt' er, sich zu ihr zu neigen:
„Du, komm, ich muss dir etwas zeigen."

Inzwischen lief ein Kinderheer
an jener Stelle in das Meer.
So stand am Saum die junge Frau
und las nur sehr betreten: AU.

Aufregung

Sag, was fällt ihm da nur ein?
Will er was verstecken?
Unerhört! Nein, so ein Schwein!
Was will er bezwecken?

Eine ausgesprochne Schand,
eine bodenlose,
wandelt am Nudistenstrand
in der Badehose.

Auf der Palmenpromenade

Auf der Palmenpromenade
stakst ein feiner Herr dahin,
onduliertes volles Haupthaar,
keckes Bärtchen unterm Kinn.

Tiefe Blicke lässt er schweifen
auf die holde Damenwelt,
angefeuert vom Bewusstsein,
dass er allen sehr gefällt.

Wie er sich zur Seite wendet,
streift die Haarpracht so ein Wedel
– sehr zum Amüsement der Schönen –
von dem glatzenglatten Schädel.

Gelati

Der Opa, sonst ein leiser Zecher,
schlürft sabbernd seinen Cognacbecher.
Der Vater, wie schon viele Male,
geht auf in der Marsalaschale.
Die Mutter, voll noch vom Filetto,
bescheidet sich mit zwei Cornetto.
Die träumerische Hildegund
lutscht nach dem Eis das Hölzchen rund.
Ihr breit gewachsner Bruder Paul
stopft ganze Kugeln in sein Maul.
Und Florian, der Wasserfloh,
verkutzt sich am Pinocchio …

Notturno

Sie standen abends unter Palmen,
von deren Fächern, von den Halmen
der Küstengräser sanft umsäuselt.
Das Meer lag friedlich, leicht gekräuselt,
und lispelte in vielen Zungen.
Er hielt sie liebevoll umschlungen,
vermochte nicht ein Wort zu sagen. –
Da gluckste glücksverklärt ihr Magen.

Das Strandgelage

Die Runde begann sich zu sammeln um 8,
am Strand sich die Zeit zu zerstreun.
Verena hat Brot, Carlo Wein mitgebracht,
die Gaumen und Herzen erfreun.
Im Trocknen zu sitzen, war jeder bedacht,
doch innerlich musste man's scheun.
So wurde gegessen, geschlürft und gelacht.
Wer will, soll es morgen bereun.
Spät wankten sie heim durch die windstille Nacht.
Für sie war es Windstärke 9 …

ZEITREISEN

Das Wunder

Ein Strandkorb aus dem hohen Norden
ist südwärts abgetrieben worden,
und nähert nach viel Drehn und Wenden
sich einem von den Adria-Stränden.

Ein Graubart in Theaterpose
legt los: „Ein Wunder! Hier kommt Mose
als – nehmen wir das Körbchenmaß –
ein Riesenbaby. Hoch das Glas!"

Vollmondnacht

Vom verschliffnen Felsvorsprung
schau ich nächtens übers Meer;
sommersanfte Witterung,
doch die Fluten atmen schwer.

In der Ferne schwankt ein Schiff.
Ob es keinen Hafen fand?
Flieht es vor dem Küstenriff?
Steuert's des Odysseus Hand?

Aus dem nahen Strandcafé
ich Sirenensang vernehm
und im Wolkenriesen seh
ich dein Auge, Polyphem …

Der lange Weg

Wälze sie, Busentowelle, wälze sie von Meer zu Meere …
Jene gotischen Gesänge trieben trotz der düstren Schwere
immer weiter durch die Zeiten zu den allerfernsten Stränden,
um allmählich von den Wassern sich den Menschen zuzu-
wenden,
ihre Seelen zu gewinnen, ihre Sinne zu betören.
Und so leben sie nun weiter in den großen Opernchören.

Badekleidung

„Nicht allzu streng beim Bade sei!"
bracht ihr Marquis de Sade bei.
„Ich liebte immer Seide – pah! –,
durch die man lieblich Beide sah …"

Die Richard-Wagner-Postkarte

Liebe Fans!
Weil ihr gern kichert,
ich im Stabreim kurz beschreibe,
was ich so im Urlaub treibe:
Lüstern lutsche ich Gelato,
picke Pizza pizzicato
und pirsch powärts ganz piano
nach Langusten in Lignano.
Mille baci
Euer Richard

Falsche Akzente

Ein Bayer sah erstmals Rimini
und fragte sich ernstlich: Wo bin i?
Stott Weißwurscht Spoghetti,
stott Brezn Soletti –
und nirganst oa Schloss vu oan Kini …

Piratenepos

Heut will ich singen, o Muse, vom Seeräuber Franco Coralli,
der sich vor Jahren schon zum Schrecken der Seefahrer
aufschwang.
Grausam und ohne Pardon misshandelt er Opfer und
Mannschaft,
so dass des Blutes Strom auch eigene Schiffsplanken rot
färbt.
Als eines Tages vom Land – ein köstlicher Hauch ihn
umfächelt …
Himmel, ein Schwertfisch am Rost – sticht meinen
Schaffensdrang aus.

Ein Freiheitstraum

Es träumte mir, der Sänger Blondel
nimmt in Venedig eine Gondel
und rudert fest von Bucht zu Bucht,
weil er ja seinen König sucht.

Dabei singt er aus voller Kehle
ein altes Lied sich von der Seele,
das zwar kein Löwenherz mehr hört,
doch viele Strandbesucher stört.

Zuletzt fasst ihn die Küstenwache,
verbietet, dass er weitermache,
und schickt ihn in das Reich der Sage. –

Dort findet er ein Fressgelage
mit Rahmherz und mit Löwenbräu,
und – sieh! – auch Richard isst so frei …

Begegnung

Don Camillo und Peppone
trafen sich am Badestrand,
Don Camillo allseits ohne,
doch Peppone im Gewand.

„Ehrenwerter Don Camillo!
Heute völlig fassungslos,
nackt so wie ein porco brillo
oder ein Rhinozeros?!"

„Du, carissimo Peppone,
rotbehemdet, schwarzbefrackt,
mit Zylinder, mit Melone,
du bleibst immer geistig nackt ..."

Versessen

Ein Wiener sitzt gern in Lignano
im netten Lokal „da Luciano."
„De Preise no gnedig,
de Könerin ledig.
De resche Frau Vrtal gibt's aa no ..."

MEHR ERNST, MEER ERNST

Der Schläfer

Vorm Sonnenaufgang lag er schon
im Liegestuhl und schlief,
still, ohne Ton,
ganz tief.

Die Sonne hoch im Süden stand,
er weilte immerzu
im Träumeland,
voll Ruh.

Und nach dem Sonnenuntergang,
im letzten Abendrot,
war er schon lang
schön tot …

Strandhaft

Du stehst, den Blick aufs Meer gewandt,
am Küstenstreif im nassen Sand,
der deine Beine – wie das pitzelt! –
im Sog des Wassers ständig kitzelt.
Du siehst bald keine Zehen mehr,
die Knöchel werden langsam schwer.
Die Last umspannt schon deine Waden,
du flüchtest rasch vor größrem Schaden.

Im Leben – wird es dir bewusst? –
du immer weiter sinken musst …

Der Felsen

Die Felsennadel glänzte in der Sonne
und war sehr schlank, doch nicht vollkommen schön.
Zwei grobe Kanten störten all ihr Gleichmaß.
Der Wellenschlag verschluckte ihr Gestöhn.

Im Lauf der Jahre wirkten Salz und Wasser:
Die Formen kamen immer mehr ins Lot.
Dann fehlte nur der allerletzte Feinschliff.
Ein Wellchen warten! stand ihr zu Gebot.

Jedoch durch eine unbeherrschte Woge
zerbrach die schöne Nadel und versank.
Die Wellen lachten schallend, und sie rieben
den Sockelrest in drei, vier Jahren blank.

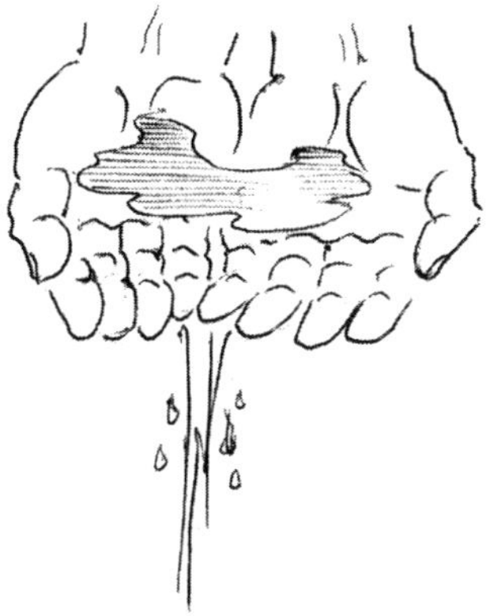

Vergleich

Wasser rinnt uns durch die Finger,
durch die Finger rieselt Sand.
Bilden Hände eine Schale,
hält sich beides bis zum Rand;

allerdings nur eine Weile,
dann geht alles wieder auf:
Sand und Wasser fließen weiter
für den vorbestimmten Lauf.

Kannst du was in Händen halten,
nutz es gut und sei bereit,
denn es rieselt unaufhaltsam
durch die Finger deine Zeit.

Wellen

Die grüne Welle
brachte Samenkörner.
Bald spross und wuchs
ein breites Wiesenband.

Die rote Welle
brachte liebe Mädchen.
Schon füllten Tanz
und Spiel den bunten Strand.

Die blaue Welle
brachte muntre Knaben.
Ein jeder sich
sein Allerliebstes fand.

Die goldne Welle
brachte Glück und Reichtum,
und jedes Herz
vor allem Stolz empfand.

Die schwarze Welle
brachte bittre Tränen –,
in deren Flut
sogar das Grün verschwand.

Die weiße Welle …
Wird sie jemals kommen?

Schalen

Ich lieb's, nach Muschelschalenstücken
im seichten Wasser mich zu bücken:
bezahnte, quergestreifte, flache,
gerillte mit gewölbtem Dache,
versteinert, glashart, kreidig-weich …
Sie alle haben eines gleich:
Das Lebewesen zog vorüber,
sein Lebenswerk jedoch bleibt über. –
Ich frage mich: Sind nicht auch wir,
ein jeder so ein Muscheltier?

Nicht weil wir oft auf großen Muscheln
verweilen und in kleine tuscheln,
doch weil auch wir, wenn wir verblassen,
gewisse Schalen hinterlassen:
der eine einen alten Rock,
der andre einen Häuserblock,
ein dritter seinen Zeitungsstand,
ein vierter sein Gehöft am Land,
ein fünfter hundert Wertpapiere,
der sechste nichts als zwei Klaviere
und jener helle Notenköpfe,
ein weiterer Romangeschöpfe,
ja, mancher gar ein Stück Geschichte. –
Und ich? – Vielleicht ein paar Gedichte,
in welchen ihr noch Leben fühlt,
wenn mich das Meer längst fortgespült …

Am Strand

Er schaute in das Meer hinein
und sah viel feinen Sand:
so wie der Mensch, der schwach und klein,
in trüber Flut verschwand. –
Ein Korn, verloren und vertan?

Dann sah er einer Möwe nach,
die übers Wasser flog:
so wie der Mensch, der klein und schwach,
in fremde Sphären zog, –
ums Erdenrund und himmelan!

Der Wassergeher

Und wenn er wirklich
übers Wasser kommt,
trocknen Fußes,
direkt auf dich zu?

Kennst du ihn jetzt,
den immer du verleugnet?

Erzitterst du
vor seinen tiefen Blicken?

Würgt Angst dein Herz
bei seiner ersten Frage?

Gottlob, er kehrt
vorm Ufer wieder um …

Die Kapelle

Drei zerbrochne
Apsisfenster
der Kapelle
dort am Ufer:

Das linke zerschlug
eine grauschwarze Möwe,
welche, in zu hartem Kampfe
ihr Spiegelbild brechend,
blutig sich schlug.

Das mittlere brach
unterm Sturm vorm Gewitter,
welcher des Gewölbes Ruhe
mit höllischem Heulen
heillos erfüllte.

Das rechte verschlang
eine riesige Welle,
welche den Apostel Petrus,
vom Sockel gerissen,
gnadenlos taufte …

Ihre Rolle

Ob die dunkle Flut,
die im Sturm aufs Land sich stürzt,
sich als Opfer fühlt ...?

Holzweg

Ein Holzstück wird an Land gespült,
nicht größer als ein Messer,
und wenn man sachte es befühlt,
erkennt man immer besser,
dass es zum Teil gehobelt ist.
Ob jemand solch ein Stück vermisst?

Drei Fischer stehen drum herum,
in ein Gespräch verwickelt.
Der Pfarrer kommt, betrachtet's stumm. –
Ob er es kreuzpartikelt?
Behutsam hebt er's auf, der Kluge, –
zum Stopfen einer Bodenfuge ...

Der Felsensitzer

Seit Jahren sitzt er auf dem schwarzen Felsen,
der vorn am Kap die Fluten überragt.
Sein Mantel atmet unterm Schlag der Brandung.
In grauen Wolken eine Möwe klagt.

Sein Angesicht ist auf die See gerichtet,
als ob er auf ein fernes Zeichen harrt,
auf Segel, Masten, Flaggen, die sich nähern. –
Bloß Wogenkämme sind's, worauf er starrt.

Versuche nicht, ihm etwas zuzurufen,
denn wenn er sich zu dir, zum Ufer dreht,
dann treffen dich zwei leere Augenhöhlen,
und für die Flucht vor ihm ist es zu spät.

Die Sonnenanbeter

Sie ließen sich jahrelang rösten
auf ihrem heiß geliebten Strand.
Und wenn die Sonne kurz verschwand,
so konnte sie kaum etwas trösten.

Sie starben im Herbst. Man begrüßte,
dass beide wunschgemäß verbrannt.
Weil auch ihr letztes Ziel bekannt,
verbracht' man die Urne zur Küste.

An einem der sonnigsten Tage
verstreut' man die Asche im Wind.
Der hegte und hob sie so lind
wie Wünsche mit goldnem Beschlage …

Am Ufer

Und one und dwa
und trois und vier,
so tritt sein Schritt
im Stiefeltritt
den Sand wie Kitt,
doch nimmt sein Tritt
kein Körnchen mit
und prägt nur stur
die Stiefelspur:
zerhackte Schnur
der Marschtortur.

Und one und dwa
und trois und vier,
so tritt sein Schritt
im Stiefeltritt
den Sand wie Kitt,
doch nimmt sein Tritt
kein Körnchen mit,
doch Wasserflut,
die niemals ruht,
erfüllt wie Glut
die Spur – mit – Blut …

Die Welle

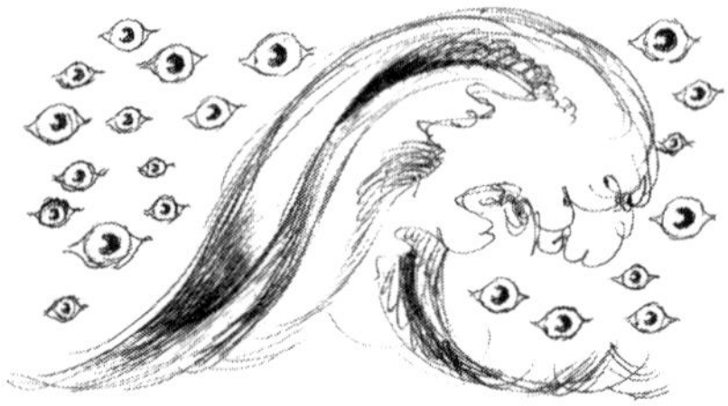

Die Welle wird kommen,
die riesige Welle,
die Welle wird kommen,
die keiner noch sah.

Die Welle bedroht uns,
die riesige Welle,
die Welle bedroht uns,
und bald ist sie nah.

Die Welle da draußen,
die riesige Welle,
die Welle da draußen,
sie rollt auf uns zu!

Die Welle bricht vor uns
als – mittlere Welle,
die Welle bricht vor uns.
Ha-hu-ha-ha-hu …

Die Welle verstummte,
die letzte der Wellen,
die letzte der Wellen.
Es kommt keine mehr.

Und starr wie die See
bleiben tausende Augen,
und alles ist ruhig
und nur noch leer …

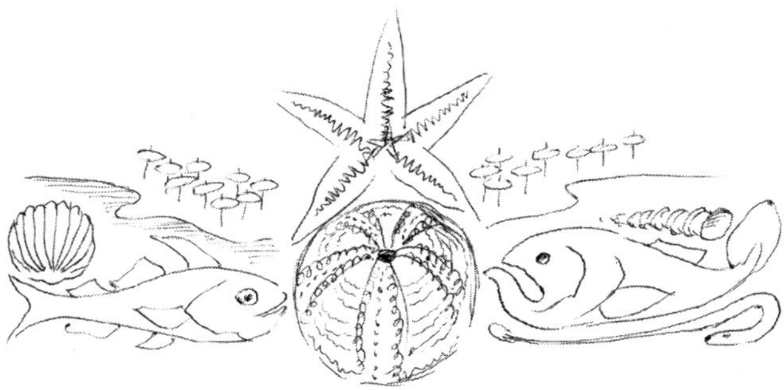

TIERISCH

Der Käfig

Den einen Fangkorb hatten sie vergessen;
er lag noch immer auf dem trüben Grund.
Ein mittelgroßer Hummer war gefangen
und ging darin soweit wie möglich rund.

Er hatte aber ein paar echte Freunde,
die schleppten gute Nahrung ihm heran,
als wollten sie das Tier im Käfig mästen.
So wurde er ein starker Hummermann.

Nach sieben Monden drückt' ihn schon die Enge,
zumal verhöhnt von einem Hammerhai.
Die Schere nahm fünf Stäbe in die Zange,
und nach verbissnem Zwicken ging er frei …

Der Krebs

Weil er doch Süßwasser hasste
und ihm kein Salzwasser passte –
– für beides fehlt ihm die Begründung –,
sucht' er den Rat eines Weisen.
Der ließ gezielt ihn verreisen.
Jetzt krebst er vor der Deltamündung …

Der Einsiedlerkrebs

Einst saß auf dem Felsen der Schwämme
ein Einsiedlerkrebs in der Klemme:
Sein Schneckenhaus hielt eine Spalte,
als ob sie es fest an sich krallte.
So sehr unser Krebslein auch drückte
und schob, die Befreiung missglückte. –
Ein Seepferdchen sah die Misere,
ihm winkte der Krebs mittels Schere:
Ach, könnt' es ihn doch unterstützen.
Es meinte: „Ich kann dir kaum nützen.
Dir können bloß gütige Elfen
mit Hebel und Hämmerchen helfen", –
und lachte den Leidenden aus.
Der suchte ein freieres Haus …

Fischvariationen

Sonnenhelles Lichtgefunkel,
gespenstisch tiefes, kaltes Dunkel,
einsam in den Fluten treiben,
beharrlich in der Schule bleiben,
selber viele kleine schlucken,
im Großmaul zwischen Zähnen zucken,
Lebend- oder Trockenfutter,
Zitrone oder Knoblauchbutter …

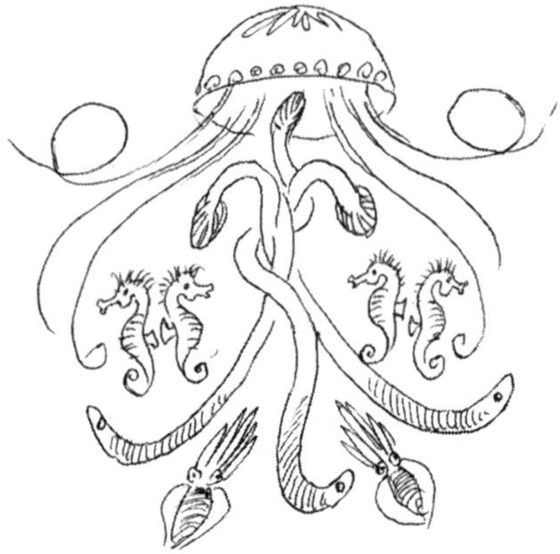

So ein Unterwasserzirkus

Zum Auftakt spielt – leih ihm dein Ohr –
der Pilgermuschelklapperchor.
Ein Aalballett wird auch geboten:
Drei Tänzer bilden sieben Knoten.

Dressur der größten Nesselqualle,
gebannt in der Langustenfalle.
Verstecken spielen Tintenfische
im Schatten ihrer braunen Mische.
Zuletzt noch unsre Seepferdnummer:
ein Scherentänzchen überm Hummer.
– Gedenkminute –
Den Drachenkopf, der Feuer schluckt –
(Verzeihung, das ist fehlgedruckt!)
Den Drachenkopf, der Feuer spuckt,
hat leider unser Hai verschluckt.

Diese Seeigel

Seeigel sind ohne Zweifel
kauernde Kugelkopfteufel,
die bei Berührung dich stechen.
Und weil die Nadeln gleich brechen,
stecken sie fest in der Haut.
Jede Behandlung wird laut.

Wenn sie hingegen verendet,
wird ein Gehäuse gespendet:
Kuppelgewölbe mit Bändern,
Knöpfchen, symmetrischen Rändern,
winzigen Fenstern ringsum. –
Blick auf das Wunderwerk stumm …

Der Seestern

Ein Seestern – Scherz von einem Toren –
hat seinen fünften Arm verloren
und schob auf den verbliebnen vieren
sich zu drei andern Seesterntieren:
Den ersten kaum das Leid berührte,
der zweite Heiterkeit verspürte,
der dritte sagte: „Armer Stern,
ich komm zu dir und helf dir gern",
befühlt' mit einem Arm die Wunde
und wünschte fest, dass sie gesunde.
Doch diese schien den Arm zu fassen
und nicht mehr wieder loszulassen. –
So blieben sie am Meeresgrund
hinfort als Zweigestirnsverbund.

Fischfang

Wie beseelt von einem frischen
Lüftchen soll die Angel zischen,
und ihr Haken vor den Fischen
flunkern, etwas aufzutischen –,
und den gierigsten erwischen.

Fische, ihr seid nicht nur stumm,
sondern auch ein bisschen dumm.

Heute möcht ich köstlich speisen,
lass den schönsten Blinker gleißen,
um ein Prachtstück anzuweisen,
kraft- und lustvoll anzubeißen.
Hab ihn schon! – Was will das heißen?!

Gellend schrillt – des Fisches! – Schrei!!! –
Aus, vorbei die Fischerei …

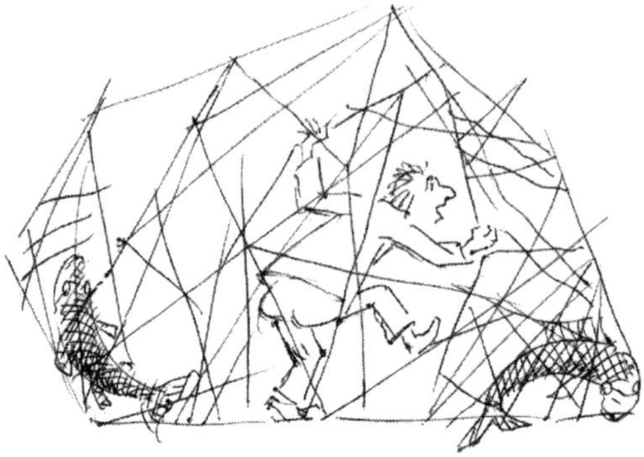

Netze

Wer Fische sieht, im Netze zappeln,
soll in Gedanken auf sich rappeln
und für sich selber überlegen
und ganz genau dabei erwägen,
wie viele Netze ihn umspinnen.
In welchen bin ich auch noch drinnen?
Wie kann ich manchen doch entgehen,
und ist ein Fluchtplan zu ersehen?

Die Grottenbucht

In der kleinsten der drei Grotten
schlafen hundertvierzig Sprotten.
In der mittleren der drei
schlummert still ein Tigerhai.
In der größten: zwei Muränen,
die im Traume scheinbar gähnen.

In der frühen Morgenstund
geht es in der Bucht schon rund.
Bis zum Abend tut sich was
und es macht auch furchtbar Spaß.

In der kleinsten der drei Grotten
schlafen zweiundvierzig Sprotten.
In der mittleren der drei
rülpst ein überfressner Hai.
In der größten: die Muräne,
die nur sah die Haifischzähne.

Und in früher Morgenstund?
In der Bucht geht's es wieder rund.
Bis zum Abend tut sich was.
Macht' es aber wirklich Spaß?

In der kleinsten der drei Grotten:
keine letzte Spur von Sprotten.
In der mittleren der drei
fingen sie den Tigerhai.
In der größten – mit Genuss –
rekelt sich ein Octopus.

Entwindung

Ein Bergwind und ein Meereswind –
– wie unsichtbare Wogen –
sind unlängst überaus geschwind
einander zugeflogen.

Sie trafen an der Küste sich.
War dies ein wildes Wirbeln:
„Verschwinde!" – „Ich verscheuche dich!" –,
mit Luftstrom-Aufwärtszwirbeln.

Ein Fischlein riss der Sog empor,
sich in den Himmel schraubend,
bis es an Höhe rasch verlor,
nicht mehr an Wunder glaubend.

Mit seinem Sinkflug sank sein Mut,
doch landet's wie benommen
in einer Dame Blumenhut.
Die hat nichts mitbekommen.

Das Fischlein dachte nicht lang nach,
es wollte auf sich rappeln,
doch war es allzu schnell zu schwach,
kein Zittern wie bei Pappeln.

Die Dame stieg in ein Lokal
für Snobs und reiche Prasser.
Dort stand am Rand vom Speisesaal,
gefüllt mit Meereswasser,

ein Rundbassin mit Fischen drin,
so bunt, beinahe kunter. –
Die Hutfrau zog es magisch hin,
der Flugfisch wurde munter

und hechtet' ins Aquarium,
sich wieder voll zu finden. –
Nun schwimmt er frohgemut herum,
verschont von frechen Winden …

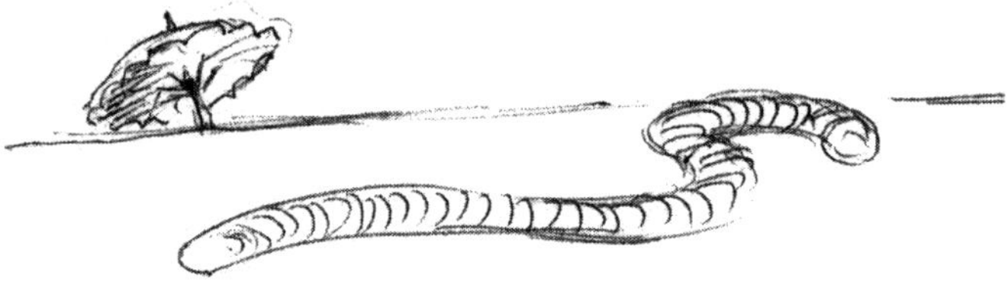

Der Regenwurm

Wenn du da nicht verzweifelt bist …
Nur Sand so heiß, kaum feucht,
und wenn, dann salzverseucht,
und keiner, der dich frisst …

SCHIFFE

Ein Blick aufs Meer

Aus der dunklen Wolkendecke
fiel ein Sonnenstreif aufs Meer,
und für eine kurze Strecke
strahlt' ein Lastkahn zu mir her.

Wie erfüllt von jähem Schrecke,
als ob er verstoßen wär
aus des Lichtes heitrem Flecke,
fuhr er weiter, doppelt schwer. –

Ich will jenes Bild behalten
von dem Leuchten aus dem Grau,
von des Himmels gutem Walten.

Und ich denke mir, genau
so mein Leben zu gestalten,
dass ich mir mehr Licht erschau ...

Das Sturmboot

Ein ausgedientes Ruderboot
lag brach und völlig trocken
am Strand – und es gelang ihm doch,
ein Kleinkind anzulocken.

Das krabbelte die Planken hoch,
setzt' achtern sich zum Blatt.
Sein Vater, der ihm zugesehn,
fand's toll, doch etwas glatt.

Drum spielt' er aufgepeitschtes Meer
und ließ das Schifflein schaukeln,
dem Kind – es krallt' verschreckt sich fest –
auch Seenot vorzugaukeln.

Der arme Uferkapitän
schrie auf, der Vater werkte
und brach erst ab, als er – o Schreck! –
beim Kind ein Leck bemerkte …

Eine Sehfahrt

Die Spielzeugjolle an der Schnur
(ich sollte sagen: an der Leine),
so zieht seit Stunden schon der Kleine
mäanderartig eine Spur:

ein ausgedehntes Labyrinth,
gezaubert in die Sandstrandfläche.
Ob es in See bisweilen steche,
befrage ich das brave Kind.

„Da sehe ich doch kein Ergebnis
von meiner Fahrt, – wie leere Taschen.
Das Meer taugt nur zum Schifferlwaschen,
doch dieser Blindwurm: ein Erlebnis."

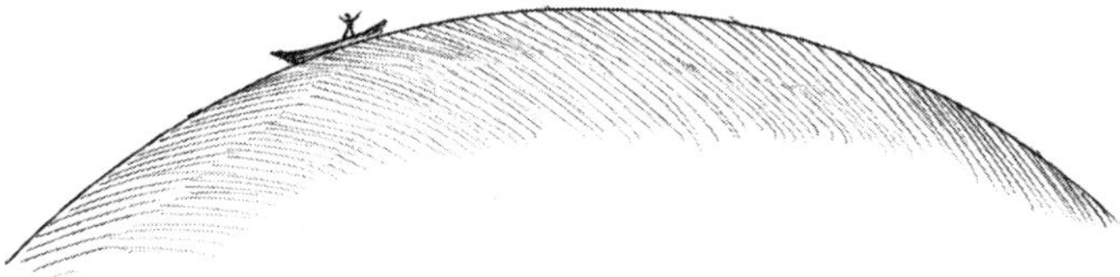

Dein Schifflein

Das Haltetau von deinem Schifflein löste
sich unbemerkt. Es trieb zur See hinaus.
Du bist erwacht vom nicht mehr sanften Schaukeln –
und schaust vergeblich dir die Augen aus.

Kein Land in Sicht. Und wird ein Schiff dich finden?
Vielleicht kommt eines, das dir feindlich ist:
Sie ziehen dich an Bord mit breitem Grinsen,
voll Freude, dass du ihr Gefangner bist.

Vielleicht auch treibt es dich an ferne Ufer.
Du stellst hier Fragen, man versteht kein Wort,
doch bringt man altes Brot und schales Wasser
und schickt auf deinem Schiff dich wieder fort.

Du fängst auf offner See nun an zu beten:
Reicht keiner mir als Retter seine Hand?
So treibt es dich umher mit letztem Hoffen,
du driftest an den heimatlichen Strand.

Vorübung

Ein Männlein an das Ufer pirscht
mit einem Küchenmesser.
Nun sticht es in den Kies. – Der knirscht
wie ein Soletti-Esser.

Ich sage voller Staunen:
„Welch eine urige Idee ..."
Drauf höre ich sein Raunen:
„Und morgen steche ich in See."

Im Hafen

Ein großer Dampfer, reich beladen,
fuhr hafenwärts – mit Motorschaden,
und pfauchte wie ein Ungeheuer.
Ein heisrer Aufschrei: „Hilfe! Feuer!"

Das Schiff erreichte noch den Hafen,
wo Feuerwehren spritzig trafen ...
Die Ladung war heut kein Begriff:
Man löschte schnell das ganze Schiff.

Die Ankerkette

Ach, wenn man diese Ankerkette
am Ende gut verankert hätte:
Sie rasselt' – über der Kombüse –
zur Gänze durch die Ankerklüse.

Mit ihrem Anker sank die Kette
zur letzten, tiefen Ruhestätte,
wo, an ein Schiffswrack angeschmiegt,
bei diesem sie vor Anker liegt.

Abend

Wir sitzen auf unserer Bank
mit Weitblick auf Küsten und Wellen.
Die Sonne schickt gnädig sich an,
die Flut wie mit Gold aufzuhellen.

Der glänzende Streifen lebt auf:
Darin sind Figuren zu finden,
die kommen, in Tänzen sich drehn
und aufblitzend wieder entschwinden.

Im Banne des glitzernden Spiels
bewegt uns ein heitres Empfinden,
mit lebensbejahendem Sinn
das Lächeln der Liebe zu binden.

Ich drücke dich fester an mich,
das gute Gefühl zu verstärken
und über dem Säuseln der See
dies alles mir tiefer zu merken.

Das Fährschiff zieht plötzlich vorbei
mit Plaudern und Stampfen und Zischen.
Schon rauscht seine Bugwelle her,
das Goldband vom Wasser zu wischen. –

Nun gehn wir den dunkelnden Weg
beseligt zurück Richtung Hafen,
als ob wir die Sonne in uns
mit sichtbarem Zauberschein trafen …

Die Galeere

Ich wünsch mir eine goldene Galeere
mit hundert Rudersklaven.
Schon läuft sie aus dem Hafen.
Ich fahre kreuz und quer durch alle Meere.

Vom Roten Meer bis an des Eismeers Ränder
durchpflüge ich die Brandung.
Bei jeder Zwischenlandung
erlebe ich die Reize fremder Länder.

Mein Schiff entreiß ich mancherlei Gefahren:
der Sturzflut, Riffen, Blitzen,
Orkanen, Eisbergspitzen.
Doch fliehe ich vergeblich meinen Jahren.

Wird eines Tags die Unrast mir zuwider,
gilt eine klare Richtung
dem Steuer als Verpflichtung:
Auf meine Insel! – Müd lass ich mich nieder.

Dann sollt ihr frei sein wie die weiten Meere,
ihr braven Rudersklaven! – – –
Und in der Nacht im Hafen
versenk ich die einst goldene Galeere.

Das Küstenschiff

Sein letztes Signal ruft ihm zu: „Du – musst – ruhn!"
Dann ziehn sie es zäh aus dem Meer.
Mit offenen Bullaugen blickt es zurück
und weint schwarze Tränen aus Teer …

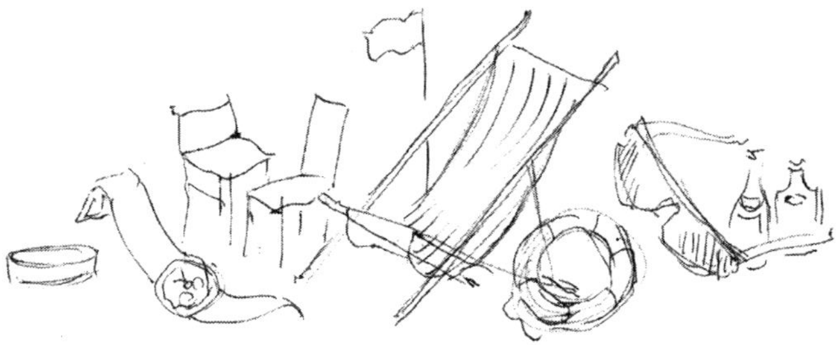

NOSTALGIE

Jenes Bad

Ob jenes kleine Bad noch lebt
mit Bambus-Holz-Kabinen,
den Autoschläuchen, die zur Not
als Rettungsringe dienen?

Mit seinem Liegestuhlverschlag,
der Sonnenschirmparade,
mit Mischgeruch: Olivenöl,
Nivea und Pomade.

Mit seinem brüchigen Büffet,
den vier verschiednen Stühlen,
den zwei, drei Sorten Motta-Eis
und Bier, kaum zum Verkühlen.

Mit seinen Menschen, die noch nicht
Gott Mammons Kindern glichen
und noch nicht echte Herzlichkeit
von ihrer Karte strichen.

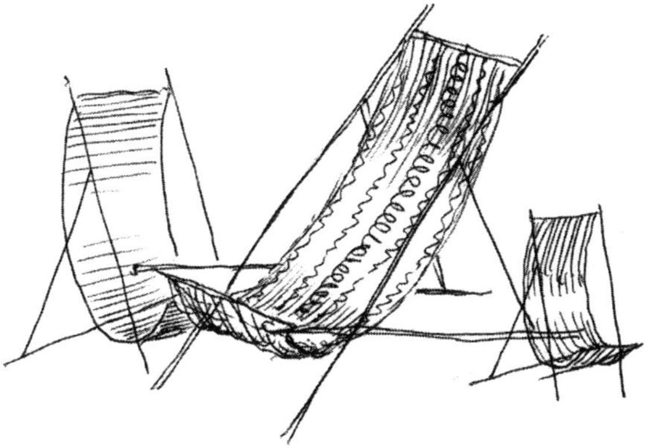

Die Liegestühle

Es plauderten drei Liegestühle
alleine in der Abendkühle:

„Mein Streifenstoff so schön mich ziert.
Jetzt ist er sonnenölverschmiert!"

„Schnappt morgen wieder mich der Dicke,
dann brech ich so, dass ich ihn zwicke!"

„Die Prachtform, die mich jüngst besessen,
kann ich mein Lebtag nie vergessen ..."

Das wurmte einen morschen alten:
„Könnt ihr nicht eure Klappe halten?!"

Rückblende

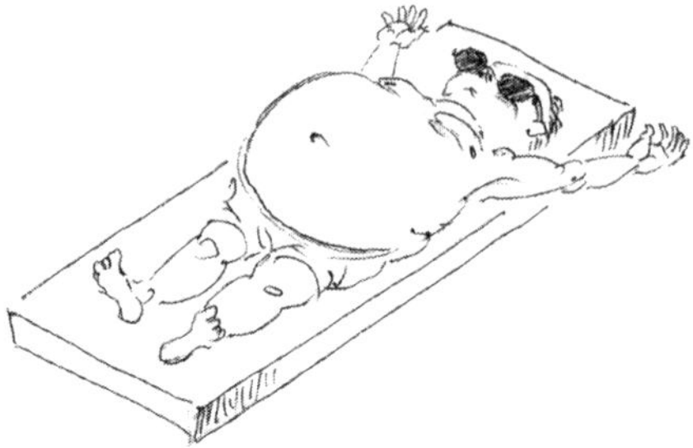

Du lümmelst – wie nach schwerem Siege –
mit sechzig in der Sonnenliege,
den Kugelkörper eingerieben.
Die Zeiten, wo sind sie geblieben …
Du denkst, als du mit sieben Jahren
das erste Mal hierher gefahren
mit Mama, Papa, Hund und Heiner,
der damals noch dein lieber kleiner
Zwerg Bumsti und so still gewesen,
doch später quält' mit grausen Thesen.
Du denkst an jene tote Katze,
die du auf deiner Luftmatratze
zur letzten Ruhe in den Wellen
gerudert hast; auch an den schnellen
und brummig-braven Vespa-Roller.
Und war das nicht ein megatoller,
gewagter Ausritt ins Gelände
– mit Blick auf zwei Nudistenstrände! –
dank Gianni, deinem Obstverkäufer
(sorella bella, Vater Säufer).
Du denkst an heiße Faustballspiele
und allererste Liebesziele,
als jeder Morgen dir behagte
und keine Sorge an dir nagte,
kein Schmerz dich drückte oder stach. –
Ach, ging' die Lebensuhr doch nach …

Ein Tanz

In dem Städtchen nah der Grenze
war der Strand sehr gut besucht.
Eines Tags vor vielen Jahren
hab ich Folgendes verbucht:

Tanganjika hieß das Mädchen,
welches einen Bauchtanz gab,
dass die Brandung Beifall brauste,
was ich nie vergessen hab.

O, ich wünsche, dass du einen
liebenden Verehrer fandst,
dass dir niemand auf dem blonden
Köpfchen je herumgetanzt …

Augentrost

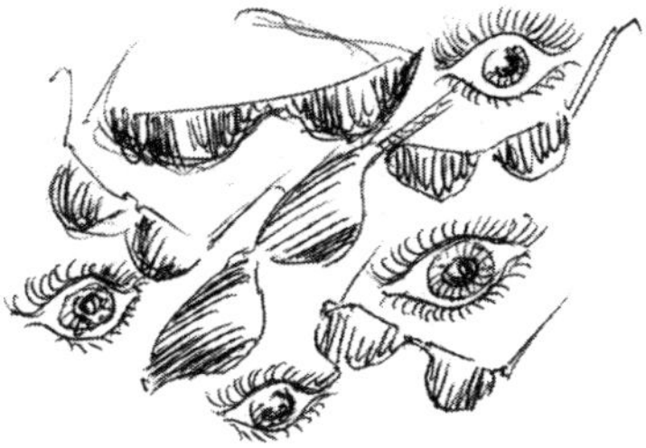

Aus dem Kofferradio
tönt es wieder lebensfroh
wie schon immer: „Sag mir, quando …"
Plötzlich aber ein Hallo
um den kleinen Händler Nando:
„Sonnenbrille alla Brando,
alla Loren, kaufen Sie!
Tolle Augen machen die …"

Morgenspaziergang

Fast schien er mir nachzulaufen:
„Wollen Sie nicht Uhre kaufen
(Ärmel hoch), ganz wunderbare,
echte Schweizer Schmuggelware?"
Ziemlich skeptisch blieb ich stehen,
um die Auswahl zu besehen.
Abgesehn von Fug und Recht,
tickten sie für mich nicht echt.
Deshalb zeigte ich mich schwankend,
für die Freundlichkeit ihm dankend
ging ich ohne weitres Wort.
– – – – – – – – – – – – – – – – – –
Mittags: „Meine Uhr ist fort!!"

Gegen Ende

Zwei Gitarren am Meer
tun sich unendlich schwer,
weil der Blick schon verschwimmt,
jede Saite verstimmt,
weil die Stimmen verbraucht,
das Gedächtnis verraucht,
in den Ohren es saust,
und kein Beifall mehr braust
nach dem letzten Akkord.
Morgen sind sie längst fort …

Der Fund

Du tauchst und siehst im Seegrasgrund
was Goldnes glänzen: Welch ein Fund!
Ein Armreif, makkaronidick
und einfach klassisch. Ob antik?
Orakelhaftes: Griechisch? Römisch?
Mit Lupe: „Made in –" – merda! – böhmisch ...

Erinnerungsstücke

Nur wer noch nie ans Meer gefahren,
weiß nicht, was mancher heimzu bringt:
ein Seeohr (Perlmutterglanz),
ein Seepferd, einen Hummerschwanz,
ein Schneckenhorn mit Meeresrauschen,
zehn Muschelklappern, teils zum Tauschen,
und einen Seestern, der nach Jahren
in alter Frische – grässlich stinkt ...

SPRACHSPÜLERISCH

Vagabundenspruch

Besser, wenn ich über Land streiche,
als ich ende einst als Strandleiche.

Hafenbarbarisch

Abends beim Chianti dämmert
eine finstre Gruppe hin,
Irmi jodelt keusche Ländler,
müde Nullen öffnen Pullen,
qualmend rauchen süße Tändler,
und vorüber, weinbelämmert,
xenomorphe Yankees ziehn.

Der Weg zurück

Zur Yacht Xariffa wanken
vier umbrische Touristen singend,
ratschen, quatschen, plaudern offen
naiv mit Leber-Kranken,
jammerlautes, irres Hoffen.
Gewähret Frieden endlich, dringend!
Chor beendet.
Ausgeblendet.

Im lautversch(r)obnen Bummelzug nach Rimini

Mögen Sie
Rahm? – I nie.
Spielen Sie
Rummy? – Nie.
Geben Sie
Raum! – I nie.
Platz am Knie
räum i nie.
Bild von – wie?
Remi? – Nie!
Ü auf I
reim i nie.
Lieben Sie
Rimini?
Sahen Sie
Romy? – Nie.
Kannten Sie
Röhm? – I nie.
Suchen Sie
Ruhm. – I nie.
Mein Genie
rühm i nie …

Für Dario

Fo, ob du im Nu so zu?
Ei in Öl am Po iß du!
(Ur in Au aß, eh er da.)
Uz es du: Do-re-mi-fa …

Der Aal

Ein Aar sah vor dem Kap
den Aal, der kam vom Pol.
„Wie ich mir den mal hol!"
Der Aar jäh Gas nun gab,
hei, aus der Höh zum Aal.

Wie gut, daß nun die Fee
– sie mag nur Ost und Süd
und gab oft Mut, nie müd –
mit sah das Ach und Weh:
Die log – den Aal zum Wal …

Des Strandgutsammlers Entbehrung

Umbraust vom Sturm aus Nord und Ost
zog's stracks
ihn hin zum Strand,
wo sich, vom Nass umspült, bloß Rost
auf Wracks,
doch sonst nichts fand.

Abfolge

Das Nass macht' Spaß.
Am Strand man saß.
Was man da malt …
„Da, fass das Glas!“
Man prahlt, man zahlt,
aalglatt,
parat.

Am Tag danach:
Fahr ab, Mann, mach!

Der Gaung auns Meer

Kaufhaus-Hausmaus
saust aus Bau raus,
lauft aufs Blaukraut,
schaut auf Traumbraut,
lauscht auf Sau,
staunt: Schau, Pfau!
Bauzaun: Stau!
Frau sauft. – Wau …
Kaut auch Schaum.
Rauschblau? Kaum …

Saum rauscht grau, kaum Tau.
Schau auch raus aufs Blau.
Hauch auf Bauch raunt lau.

Der Stern

Wer merkte es denn je,
wenn wer jedwedem Weh
der schweren See entgeht?
Der Stern, der ferne steht …

Strandmahl ohne Weißwein

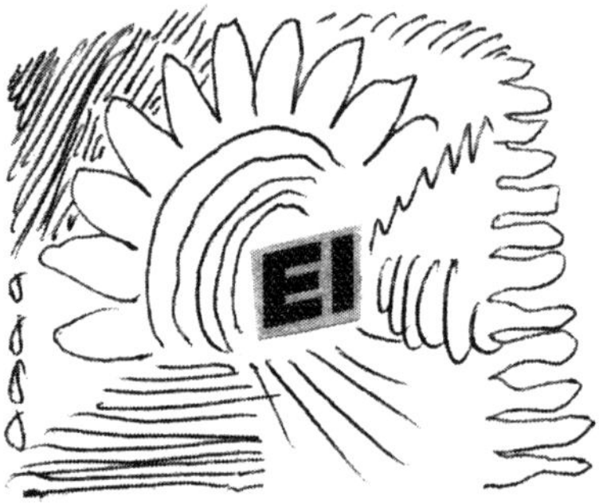

Dein Teig treibt fein.
Ein Ei schmeiss rein.
Kein Streit beim Schlei,
reib Reis klein bei.
Ein Geißbein drein?
Kein Blei, kein Stein!
Heiß gleißt's. – Geil, hei!
Teil: eins, zwei, drei …
– – – – – – – – – – – – – –
Mein Heinz greint, schreit,
dein Veit feixt, speit …

Heulsame Abreubung

Freund scheut Freud,
leutscheu heut:
Feuchtkreuz …
Keuch, schneuz. –
Beugt euch! –
Spreu-Zeug? –
Heu scheucht,
neu kreucht.
Freut euch neu,
Euch treu, Leu!

Schiff ist in

In Rimini
ihr Schiffspicknick im Klimt-Ring-Stil
ist wirklich richtig sinnig.
Mit Pfiff im Irrlichtdickicht glimmt
ihr Bild mir sichtlich innig –
bis Brindisi ...

Bootsfohrt

Schon oft zog Ottos Motorboot
so monoton vom Port.
O Gott, voll Hohn johlt Horrorton!
Kommt Zoff vorm Po, droht Tort?
Gottlob, so'n Kobold kotzt bloß vorn. –
Sonor scholl Ottos O-Ton-Horn ...

Dös Fischgöricht

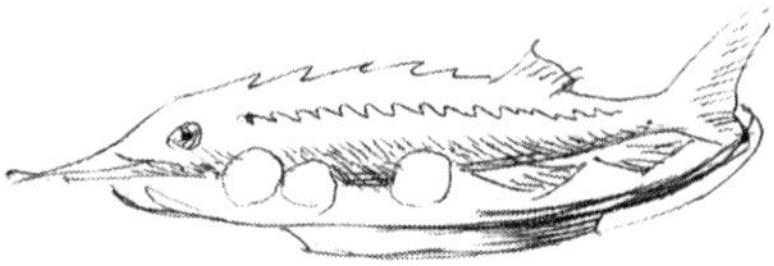

„Jö, Jörn! 's kömmt Stör!
Töt bös, schön dörr!
Knödl röst!" –
Kölsch löscht.
Blödl blökt:
„Ö – ö!" – döst …

Ka nossa Gaung?

„Du musst zur Burg, um Buß zu tun.
Spur zur Furt, nur zu, nur Mut!" –
Fuß um Fuß umschlurft nun Flut. –
„Und durch! Urgut. – Muss – kurzum – ruhn …"
„Truthuhn nun und Kuhtrunk schluckt,
kurz und gut, zum Unfug spuckt,
um Bußlurch-Schulung kundzutun."

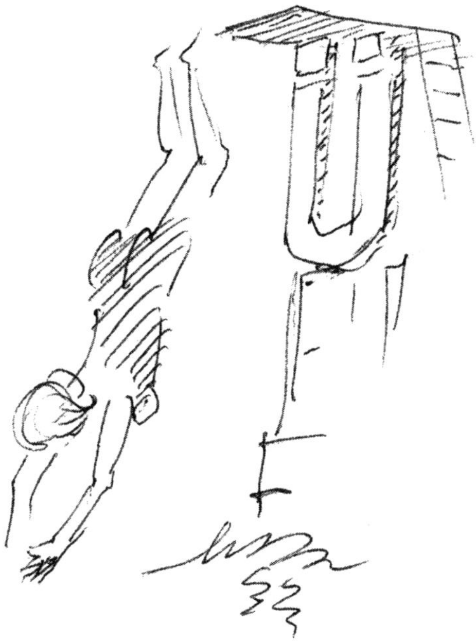

Den Wasserspringerünnen

Übt früh für Kür,
stürzt kühn,
schützt Füss! –
Wünsch Glück fürs Gspür.
Blüht Grün,
küsst süß.

AUSKLANG

Wechsel

Das bleiche Volk vom neuen Bus,
das frisch am Strande weidet,
wird von der Schar, die heimkehrn muss,
belächelt und beneidet.

Begründung

Vielleicht
wird uns deshalb
ein Strandurlaub
zum tiefen
Erlebnis,
weil der Blick
von der Küste
aufs offene Meer
uns Anfang
ohne Ende
bedeutet
und ein Blick
von der See aus
zum Küstenverlauf
uns Ende
ohne Anfang
bekundet …

Es zieht …

Es zieht am späten Nachmittag
den Mann zur Küstenbar,
wo er mit freiem Blick zur See
schon immer Stammgast war.

Dort leert er zwei, drei Gläser Wein
mit Plaudern, mit Gesang –
und in das letzte füllt er sich
den Sonnenuntergang …

Sonnenuntergang

Über fernen Inselgruppen
geht Frau Sonne lodernd unter.
Ihre Strahlen streuen Schuppen
auf das Meer: Ein glitzernd bunter
Laufsteg schaukelt in den Wellen. –
Unaufhaltsam wird es finster. –
Bald verglimmen auch die hellen
Blütenlampions am Ginster …

Inhaltsverzeichnis

Hans Werner Sokop

wurde 1942 in Wien geboren, nach der Matura trat er in den Verwaltungsdienst der Stadt Wien ein und nahm gleichzeitig das Studium der Rechtswissenschaften an der Universität Wien auf. In seiner Freizeit verfasste er formstrenge, heiter-besinnliche Gedichte auf Hochdeutsch.

Später wandte er sich der Mundartdichtung zu. 1975 begann er sich für Dante Alighieri zu interessieren, dessen ‚Göttliche Komödie' er unter Beibehaltung der Terzinenform neu übersetzte. 2002 beendete Hans Werner Sokop seine langjährige Tätigkeit als leitender Magistratsjurist. Zahlreiche Buchveröffentlichungen, unter anderem Dialektversionen bekannter Kinderbücher.

Schönbrunner Spaziergang

Hans Werner Sokop

Den Schönbrunner Schlosspark – wer kennt ihn nicht? Hans Werner Sokop hilft dem interessierten Leser, Spaziergänger und Betrachter, die Marmor-Standbilder neu oder erstmals wirklich zu entdecken. Unter Ausnützung der tages- und jahreszeitlich wechselnden Stimmungen hat Sokop die Standbilder fotografiert und zu jedem dieser Bildwerke ein elegisches Distichon verfasst. Ergänzend dazu informiert er in kurzen Episoden über den Hintergrund der dargestellten Personen. Das Spektrum reicht von griechischen zu römischen Gottheiten, Sagengestalten und historischen Persönlichkeiten. Ein klassischer Führer für kulturell interessierte Parkbesucher.

ISBN 978-3-902514-29-5 · Format 13,5 x 21,5 cm · 96 Seiten
€ (A) 19,90 · € (D) 19,40 · sFr 34,90

St. Marxer Spaziergang

Hans Werner Sokop

Das Buch schildert Hans Werner Sokops fotografische und lyrische Impressionen vom St. Marxer Friedhof mit seinen vielen historischen Gräbern. Berührende Grabinschriften, idyllische Bildhauerarbeiten und Naturstimmungen lassen diesen Spaziergang zum besonderen Erlebnis werden, das zu eigenem weiteren Erkunden dieser versunkenen Epoche anregt.

ISBN 978-3-85022-149-8 · Format 13,5 x 21,5 cm · 166 Seiten
€ (A) 19,90 · € (D) 19,40 · sFr 34-90

novum
VERLAG

Eigentlich hast du Träume

Lieselotte Best

Ein Ratgeber in Gedichtform für alle, die sich auf ihrem Lebensweg verirrt haben, deren Schritt nicht fest genug ist, die plötzlich vor einer Mauer stehen oder die im Alltagsstress so schnell laufen, dass sie sich unterwegs selbst verlieren. Das Buch soll motivieren, sich für einen Weg oder eine Wende im Lebensweg zu entscheiden …

ISBN 978-3-85022-156-6 · Format 13,5 x 21,5 cm · 36 Seiten
€ (A) 14,90 · € (D) 14,50 · sFr 26,80

novum
VERLAG